Alfred Assollant

Le Brin de Mer

AF329559

Y th.
2G4GG

LE
BAIN DE MER

MONOLOGUE

Imprimerie générale de Châtillon-sur-Seine. — Pichat et Fapin.

ALFRED GUILLON

LE
BAIN DE MER

MONOLOGUE

DIT PAR

COQUELIN CADET, de la Comédie-Française

PARIS

TRESSE & STOCK, ÉDITEURS

GALERIE DU THÉATRE-FRANÇAIS

PALAIS-ROYAL

1892

Tous droits réservé

L E

BAIN DE MER

Quand vous êtes au bord de la mer... vous prenez votre bain tous les jours, n'est-ce pas...? Avez-vous seulement étudié la question...? Non...? Alors vous faites ça machinalement... sans savoir... fâcheux... très fâcheux... peuple léger... Hé bien, moi, j'ai pioché le bain de mer... la natation salée sur toutes ses faces.... Depuis douze ans, après chaque bain je me renferme deux heures dans ma cabine pour recueillir mes impressions... prendre des notes... J'ai fait un traité là-dessus... A table vous prenez de l'eau de Vals ou de Vichy... Moi, depuis douze ans, une bouteille d'eau de mer toujours à mes côtés, pour m'imprégner de mon sujet. (Souriant.) aussi mon traité est peut-être un peu... salé... mais enfin, comme je n'en ai pas vendu encore un exemplaire, c'est sans inconvénient.

D'abord; pour entrer dans l'eau... comment faites-vous ? Pour commencer, n'est-ce pas... vous mettez d'abord un pied... puis vous reculez. (Imitant une dame qui trouve le bain froid avec une petite voix flûtée.) « C'est froid... Comme c'est froid. » Vous faites encore un petit pas... Ça va mieux. (Suffoquant.) « Aïe... Oh la la... C'ets trop froid. » C'est que vous êtes à l'estomac. (Montrant la ceinture.) Vous savez là... Hé bien, détestable manière d'entrer dans l'eau... Voilà ce qu'il faut faire... Sur le sable sec vous vous accroupissez comme ça... Puis en sautillant, vous approchez de la mer... Au moment où la vague se retire... un saut... La vague revient, ça y est... Ah maintenant ceci s'adresse aux hommes, femmes, enfants, vieillards, d'une complexion ordinaire... Si, au contraire vous êtes une femme forte, (Imitant une grosse dame.) ce n'est plus ça... Alors debout mais à reculons.... vous entrez bravement à l'eau sans regarder... la vague se retire... Elle revient... Vlan... Elle trouve une résistance sérieuse... C'est ce qu'il faut... elle vous... fouette si je puis m'exprimer ainsi... Bain très sain... excellent pour la circulation du sang... là où la vague frappe surtout... En avançant encore d'un pas... vous êtes à l'eau... A ce moment, généralement les dames ont l'habitude de faire massepain. (Imitant une dame qui saute dans l'eau.) Mauvais... faites pas ça... Ça donne l'air bête... A la place, la natation... Si vous ne savez pas... essais de natation... Moi, je l'avoue, je ne sais pas... Depuis douze ans je m'exerce à

nager dans ma chambre... Je me mets
en costume de bain... Je bois un verre
d'eau de mer et là à sec je fais les
mouvements à plat ventre... Très bon
système... Je tiens déjà les mouvements
des bras... Enfin vous êtes dans l'eau.
(Indiquant une forte personne.) Si vous n'êtes
pas une personne trop... essayez de
faire la planche... parce que quand on
est une personne trop... il vaut mieux
pour les dames ne pas tenter cet
exercice à cause des lorgnettes... Vous
savez les messieurs qui... sur la
plage... Maintenant, si vous êtes également (Indiquant une poitrine plate.) plate, plate,
plate, faire la planche... C'est peut-être
un peu trop nature et à cause des lorgnettes... Non, dans ce cas-là... absten-
tion... Oh! chez vous... à sec, après avoir
pris un verre d'eau salée... très bien...
bon exercice... mais à la plage... non,
non, non.

Pour les hommes surtout ce qui est
très important... c'est de s'habituer à

se mettre la tête sous l'eau longtemps...
Pour ça, vous piquez une tête... Puis
vous restez tant que vous pouvez... Les
dames sont là. (Prenant une voix flûtée.) « Oh!
mon Dieu, mais où est donc M. Jules...
Il ne revient pas! » Si vous pouvez res-
ter une petite demi-heure... vous avez
un succès épatant.

Quand on est très fort, il y a aussi le
jeu d'aller chercher au fond de la mer
pierres, morceaux d'assiettes, pièces de
monnaie... Vous priez une dame de
vous jeter l'objet comme ça. (Imitant un
objet qu'on jette à un chien.) « Tu, tu ,tu, tu, al-
lez chercher. » Vous vous jetez aus-
sitôt à l'eau comme un caniche... vous
ouvrez les yeux... pour voir naturelle-
ment... Ça vous fait sourire... C'est
qu'ordinairement dans ce cas-là... On
ferme les yeux et on ouvre la bouche...
Faites pas ça... Très mauvais d'ouvrir
la bouche au fond de l'eau... Parce que,
vous comprenez, l'eau glou glou glou.
(Faisant le geste d'avaler de l'eau de mer.) Croyez-

moi, faites pas ça... Donc si vous êtes
fort vous rapportez l'objet jeté... Dans
les commencements vous n'arriverez
peut-être pas du premier coup à rap-
porter exactement... Mais enfin, si on
vous jette une pièce de cinquante cen-
times par exemple, et que vous rappor-
tiez cinq ou six sous, ça sera déjà un
commencement.

Maintenant, la chose grave... impor-
tante... c'est la sortie du bain... Généralement on sort comme ça... (Imitant une
personne qui grelotte, claque des dents.) le nez
rouge, les lèvres violettes avec un teint
de navet... mauvais, très mauvais... faites pas ça... c'est trop vilain... Arrivé
dans votre cabine, vous avez un baquet
d'eau chaude pour mettre vos pieds...
erreur... Vous le prenez votre baquet,
et vous vous en coiffez pour que l'eau
bouillante vous saisisse le cerveau...
Alors de navet vous devenez carotte...
Très bon... le homard ne devient rouge
que par ce système-là... sans cela il

n'aurait jamais été appelé le cardinal
de la mer... Aussi croyez-moi, essayez
de mon système... Demain à l'heure
du bain je serai sur la plage; si parmi
vous, mesdames, il y en a qui aient be-
soin de mon expérience, je me tiens en-
tièrement à votre disposition... Je vais
également à domicile pour les mouvements à sec... Ma devise est: « Natation et discrétion » Qu'on se le dise !

FIN

Imprimerie générale de Châtillon-sur-Seine. Michal et Pepin.

www.ingramcontent.com/pod-product-compliance
Lightning Source LLC
LaVergne TN
LVHW020111070726
842525LV00018B/2687